2

Tooko MIYAGI

SEIREI PRODUCE

2

INDEX

episode 6

AUJOURD'HUI, JE N'AI PAS DE CHANCE.
POURQUOI EST-CE QUE ÇA SE RETOURNE TOUJOURS CONTRE MOI ?
DIS...
JE VOIS D'ICI AMANE DANS UNE FUREUR NOIRE...
TU NE VOUDRAIS PAS ME DÉTACHER ?
JE NE M'ENFUIRAI PAS...
TU ES MON OTAGE, JE VAIS T'ÉCHANGER CONTRE FÛTA.
APPAREMMENT VOUS L'AVEZ ENLEVÉ, ALORS...
JE N'AIME PAS CE GENRE DE CHOSE, MAIS JE N'AI PAS LE CHOIX.
...

DEPUIS QU'AMANE ET LES AUTRES SE SONT INSTALLÉS CHEZ MOI, ÇA N'ARRÊTE PAS.
AMANE, UN ESPRIT VENU DU CIEL QUI CHERCHE À DEVENIR UN DIEU.
SON SERVITEUR, GOJÔ.
FÛTA, L'ENVOYÉ D'UN DIEU TERRESTRE QUI NE VOULAIT PAS LES VOIR ICI.
DU COUP, ON DIRAIT BIEN QUE LE FRÈRE DE FÛTA S'EST FAIT DES IDÉES SUR NOUS…
LUI.
POURTANT, C'EST LUI QUI A CHOISI DE RESTER CHEZ MOI…
JE N'AI JAMAIS ENTENDU PARLER D'ÊTRES CÉLESTES ET TERRESTRES QUI AURAIENT SYMPATHISÉ.
IL N'ÉCOUTE VRAIMENT RIEN…
POURQUOI EST-CE QUE C'EST MOI L'OTAGE !?

PEUT-ÊTRE EST-CE MON CHÂTIMENT ?
JE N'AURAIS PAS DÛ EMPORTER L'ÉVENTAIL AUX POUVOIRS MAGIQUES.
ILS ONT DÛ ME RETROUVER AVEC ÇA...
N'EMPÊCHE QUE J'AI BESOIN D'UN PEU DE DISTANCE.
MON CŒUR S'EMBALLE TOUT SEUL DÈS QUE JE LE VOIS.
REMARQUE, C'ÉTAIT PRÉVISIBLE...
LOUP !
IL EST VRAIMENT ALLÉ ME CHERCHER JUSQU'À L'ÉCOLE ?
IL DOIT ÊTRE FURIEUX...
UN DE LEURS COMPAGNONS EST ICI !
... !

GOJÔ... !
MLLE SHIINA...
TU N'AS RIEN ?
ET VOUS ÊTES ...
UN DES ENVOYÉS DU DIEU DU COIN ?
JE SUIS LE DEUXIÈME FRÈRE ENVOYÉ DE NOTRE UJIGAMI, LE LOUP SÔ.
JE SUIS VENU RÉCUPÉRER FÛTA CONTRE CETTE FILLE.

ALORS POURQUOI EST-CE QU'IL NE REVIENT PAS VERS MOI ?
RÉCUPÉRER ?
NOUS NE L'AVONS JAMAIS CONTRAINT À QUOI QUE CE SOIT...
VOUS N'ÊTES PAS DIGNES DE CONFIANCE !
FLAP
DIS, ET AMANE... ?
SALUT, LA DÉESSE DESTRUCTRICE !
QU'EST-CE QUE VOUS FAITES TOUS ENSEMBLE ?
FÛTA !?
C'EST QUOI, CETTE TENUE !?

FÛTA !
TU N'AS RIEN... ?
TING
FÛTA, OÙ EST AMANE... ?
À L'INTÉRIEUR, LIGOTÉ.
JE SUIS UN ENVOYÉ D'UN UJIGAMI, MOI.
IL EST HORS DE QUESTION QUE JE FASSE AMI-AMI AVEC UN DIEU CÉLESTE !

QU'EST-CE QUE TU FAISAIS, TOUT CE TEMPS ?
DÉSOLÉ, JE LES ESPIONNAIS CHEZ ELLE.
FÛTA, TU COMPTES NOUS TRAHIR ?
TE TRAHIR !?
JE N'AI JAMAIS ÉTÉ DE VOTRE CÔTÉ !
ELLE A EN CE MOMENT UN ÉVENTAIL DÉTENTEUR DES PUISSANCES DU CIEL AVEC ELLE !
C'EST VRAI, LA FILLE ?
GN...
NON, NE ME TOUCHE PAS... !!

C'EST MOI QUI L'AI ATTRAPÉE...
DONNE-LA MOI !
SHI

BLAAAM
SHOUUU
BOM
...
HAA... !

PFU...
TU N'AS PAS MIS LONGTEMPS À COMPRENDRE.
AMANE !!
WAKA...
POURQUOI EN JUPE ?
UN CLONE... TU VIENS DU CIEL ?
OÙ EST FÛTA ?

SI TU ME LE RENDS, JE VEUX BIEN FERMER LES YEUX.
RÉ-PONDS !
JE SENS LES ONGLES DE NOTRE DIEU EN TOI.
C'EST LUI QUI DEVRAIT LES PORTER.
NE ME DIS PAS QUE TU LES AS DÉVORÉS ?
JE N'AI PAS À OBÉIR À UN LARBIN D'UN DIEU D'ICI !!
PFU !
ET SI J'AVOUAIS QUE J'AI TOUT ASPIRÉ JUSQU'À SA MOELLE POUR RÉCUPÉRER SA PUISSANCE ?
CLANG
ESPÈCE DE...
FAIS-TOI UNE RAISON !

IL NE RETOURNERA JAMAIS AVEC VOUS !!
SHOUUU
AMANE !!
IL FAIT EXPRÈS DE L'ÉNERVER !!
LEQUEL DES DEUX EST LE PLUS MAUVAIS... ?
FIOUUU
ARRÊTE, AMANE !
TU NE GAGNERAS PAS AVEC LA SEULE FORCE DE FÛTA !
HA !
... L'ÉVENTAIL !
JE NE PEUX PAS LE GARDER...

DZIIIIH
IL FAUT QUE JE LUI RENDE ... !
DIS DONC, LA FILLE !
DONNE-MOI LE TRUC DE TON DIEU !
FLAP
FLAP
... !
QUE... LÂCHE ÇA, C'EST À AMANE !!
TU CROIS QUE JE VAIS T'OBÉIR !?
CRIIIIC
... !
GHH...
AMANE...

IL EST CAPRICIEUX, ÉGOÏSTE, INDÉLICAT...
MAIS JE NE PEUX PAS DIRE QUE JE NE L'APPRÉCIE PAS.
IL M'A AIDÉE...
ET PRÉTEND MÊME ME COMPRENDRE.
MLLE SHIINA ! LAISSEZ-LUI !
NON ...
ALORS !?
DÉPÊCHE-TOI UN PEU !!
CRITCH
CRITCH
JAMAIS DE LA VIE !!
JE VIENS DE RÉALISER...

JE NE VEUX PLUS FUIR...
NI FAIRE QUOI QUE CE SOIT CONTRE SON INTÉRÊT.
HUM ... !
QUE J'ÉTAIS HEUREUSE DE L'AVOIR À MES CÔTÉS.
MLLE SHIINA !
ÉCARTEZ-VOUS !!

SHOUUUU
ORDURES MÉNAGÈRES
CLAAAZG
CROAAAAAA
ENCORE ÇA !?
SHIINA ...!?
BAAAH

AMANE ... !!
UN MOMENT D'INATTEN-TION...
TU NE POURRAS PAS ME BATTRE AVEC AUSSI PEU DE FORCE.

TU AS SURESTIMÉ TES CAPACITÉS ?
IMBÉCILE...
GHH...
HAA...
J'AI DU MAL À RESPIRER...
A... MANE...
EST-CE PARCE QUE JE RESSENS LA MÊME CHOSE QUE LUI ?
JE DOIS LE SAUVER...
AMANE ... !
APPROCHE ET JE LUI BRISE LE COU !
JE TE LE REDEMANDE.
OÙ EST FÛTA ?
HAA...
IMBÉCILE... MOI... ?
HAA...

ÇA NE ME DÉRANGE PAS...
MAIS JE NE TE PARDONNERAI JAMAIS D'AVOIR ÉLOIGNÉ SHIINA DE MOI, NE SERAIT-CE QU'UNE SECONDE.
TU VEUX VRAIMENT...
MOURIR ICI ET MAINTENANT ?

KEUF ! KEUF !
MLLE SHIINA... !
EST-CE QUE ÇA VA ALLER... ?
OUI, OCCUPE-TOI D'AMANE...
J'AI MAL...
JE DOIS LUI DONNER SON ÉVENTAIL !
MAIS EST-CE QUE ÇA SUFFIRA À LE SAUVER, AU MOINS... ?
IL ME SEMBLE OUBLIER QUELQUE CHOSE...
HA !!

KEUF...
GOJÔ...
DANS MON SAC... L'ÉVENTAIL ...
BIEN.
SHOUU
LANCE-LE... À AMANE...
!?
MLLE SHIINA !?
J'AI DU MAL À RESPIRER...
MAIS OUI, LA MARQUE DE SON COU !!
C'EST SANS DOUTE MA PUNITION POUR L'AVOIR ÉVITÉ.
C'EST POUR CELA...

QUE JE DOIS L'AIDER !
GN...
AMANE ... !
RE-GARDE !

LE SIGNE ... !!
AMANE, L'ÉVENTAIL !!
SHOUUU

BLAM
PIOUUH
JE L'AI TROUVÉE...
LA SOURCE DE TES POUVOIRS !!
DAAAH

ON DIRAIT QUE LES RÔLES SONT INVERSÉS ?
BIEN...
AMANE, ESPÈCE D'ENFOIRÉ !!
TU N'ÉTAIS PAS OBLIGÉ DE ME LAISSER SEUL LÀ-BAS, QUAND MÊME !!
GHH
GHH
FÛ...
FÛTA !!

TU N'AS RIEN ?
BLOOM
HA, GRAND FRÈRE ?
TOUJOURS AUSSI COLLANT...
QU'EST-CE QUE TU FAIS ICI ?
IL S'EST PASSÉ QUELQUE CHOSE, À L'ÉCOLE ?
DOMMAGE, ÇA COMMENÇAIT À ÊTRE MARRANT....
ON A ÉTÉ ENFERMÉS DANS UN ENDROIT BIZARRE ...
IL A PRÉTEXTÉ QUE LA PORTE NE S'OUVRAIT PLUS...
PASSE-MOI TA PUISSANCE !
WOUAH !!

POUR ME POMPER MES DERNIÈRES LUEURS DE VIE ET EN FAIRE SA FORCE !!
EN PLUS, IL M'A VOLÉ LES ONGLES DE NOTRE DIEU...
AMANE ...
AUCUNE PITIÉ...
ALORS ILS T'AVAIENT BIEN ENLEVÉ, NON ?
QU'EST-CE QU'ILS T'ONT FAIT D'AUTRE ?
QUOI ?
NON... C'EST JUSTE QUE J'AVAIS TROP PEUR DE NOTRE FRANGIN...
EN PLUS, LA FILLE CUISINE SUPER BIEN...
J'AI CRU QU'ILS T'AVAIENT KIDNAPPÉ !
QUI ÇA ?
QUOI ... ?
PUISQU'ON LUI DIT QU'ON N'A RIEN FAIT...
BAH...
BIEN, C'EST LE MOMENT DE SE RÉCONCILIER.
INUTILE D'ENVENIMER LES CHOSES, N'EST-CE PAS ?

UNE PETITE SECON-DE...
AMANE !
POURQUOI EST-CE QUE TU LUI AS CHERCHÉ DES NOISES SANS MÊME RÉFLÉCHIR AUX CONSÉ-QUENCES !?
GHH...
ELLE EST FÂCHÉE ?
NE REFAIS PLUS JAMAIS CELA !!
JE ME SUIS FAIT TELLEMENT DE SOUCI...
SHIINA...
N'EM-PÊCHE QUE C'ÉTAIT SA FAUTE !!

IL N'AVAIT QU'À PAS POSER LES MAINS SUR TOI.
QUE... ?
HA ...
LA POISSE, JE CROIS QUE JE COMMENCE À...
JE NE DOIS SURTOUT PAS PENSER À ÇA !!
EN PLUS, TU ES BLESSÉE !

SHLIP
HAA...
QUE ...?
MAIS ARRÊTE !!
?
FOUIP
FOUIP
MAIS PUISQUE TU SAIGNES ...?
VU DE LOIN, ON DIRAIT DEUX FILLES...
CETTE FOIS, JE NE M'EN MÊLE PAS...

episode 6 end.

Tooko MIYAGI

SEIREI PRODUCE

shortshort
NOUS SOMMES AU CIEL.
CETTE HISTOIRE SE DÉ-ROULE QUELQUES TEMPS PLUS TÔT.
MON DIEU WAKENOKIMI M'ORDONNA DE VEILLER SUR UN PETIT ESPRIT.
SERVI-TEUR, GOJÔ.
JE SUIS PASSÉ AUX CÔTÉS D'UN DIEU, AU SERVICE D'UN ÊTRE ÉTRANGE CRÉÉ PAR CELUI-CI.
ÇA S'APPELLE SE FAIRE LIMOGER, NON ?
C'EST LUI, AMANE ? ON DIRAIT UNE POUPÉE...
POURVU QU'IL SOIT SAGE...
EN-CHANTÉ, AMANE.

JE M'APPELLE GOJÔ, C'EST MOI QUI ME CHARGERAI DE TOI À COMPTER DE CE JOUR.
...
MA PRÉVENU QUE TU DEVIEN-DRAIS MON LAQUAIS.
WAKENO-KIMI...
HA, IL PARLE ?
JUSTE INTEN-DANT !
PAS LAQUAIS !
C'EST PAREIL.

À PARTIR D'AUJOURD'HUI, TU M'APPAR-TIENS.
TU M'AS ÉTÉ CÉDÉ PAR WAKENOKIMI, J'AI DONC TOUTE AUTORITÉ !
HEU... ?
PFU !
POUR COMMENCER, UN LAQUAIS NE RÉPOND PAS !
AMANE ...
MOI, " CÉDÉ " ... ?
JE NE SUIS PAS D'ACCORD, LÀ...
JE NE SUIS VENU QUE SUR SON ORDRE.

INSINUES-TU QUE TU LUI APPARTIENS TOUJOURS ?
?
JE NE SUIS PAS UNE CHOSE !!
SAIS-TU QU'AUTREFOIS, DES HUMAINS ONT ÉTÉ RAMENÉS VIVANTS AU CIEL ?
J'EN AI ENTENDU PARLER.
JE SUIS UN DE LEUR DESCENDANT, JE N'AI AUCUN POUVOIR.
ET ÇA T'EMBÊTE QUE JE NE SOIS PAS UN DIEU ?
HÉ BIEN...
PLUTÔT, OUI...
MAIS JE SUPPOSE QUE LUI AUSSI... ?
ÉVIDEMMENT QUE J'AURAIS PRÉFÉRÉ SERVIR UN MAÎTRE PLUS PUISSANT.

POM
TRÈS BIEN !
GNIII !
DANS CE CAS, JE VAIS DEVENIR UN DIEU POUR TOI !
... PARDON ?

QU'EST-CE QUE...
TU VOUDRAIS UN MAÎTRE PLUS FORT, NON ?
DANS CE CAS, JE N'AI QU'À DEVENIR UN DIEU !
GNii
HEU, MAIS...
CE N'EST PAS SI FACILE...
WAKENOKIMI M'A DÉJÀ OFFERT DES JOUETS OU DES KIMONOS, MAIS JAMAIS QUELQUE CHOSE DE VIVANT.
TU ES LE PREMIER QUE JE RENCONTRE À PART LUI !
ALORS JE VAIS DEVENIR UN DIEU, DANS TON INTÉRÊT !
HA...

IL TREMBLE... ?
PAS LA PEINE DE M'EMPOIGNER AUSSI FORT, JE NE VAIS PAS M'ENVOLER...
IL SE SENT SI SEUL QUE CELA ?
PAR LA SUI-TE...
COMBIEN DE TEMPS ME SUIS-JE CONSACRÉ À LUI ?
JE NE PENSAIS VRAIMENT PAS QUE NOTRE VIE CHANGERAIT À CE POINT.
CLAP
AMANE...

D'AILLEURS...
JE SUIS SÛR QU'IL NE SAIT TOUJOURS PAS COMMENT DEVENIR UN DIEU !
HUM...
...
HUM...
IL A PEUT-ÊTRE GRANDI, MAIS IL RESTE LE MÊME...
TU ES À MOI !
QUOI !?
BAH, ON VERRA BIEN...
MÊME MOI JE COMMENCE À LUI RESSEMBLER...
shortshort ● end.

Tooko MIYAGI

SEIREI PRODUCE

episode 7

Tooko MIYAGI

SEIREI PRODUCE

JE SUIS TOMBÉE… DE LA FALAISE ?
AH, IL PLEUT…
J'AI FROID…
J'AI SI FROID !
JE N'ARRIVE PLUS À BOUGER…
SHIINA, NE VA PAS SEULE DEHORS !
LA FORÊT EST JUSTE DERRIÈRE LA MAISON DE MAMIE, TU IMAGINES SI TU TOMBES DES ROCHERS ?
MAMAN …

J'AURAIS MIEUX FAIT...
DE L'ÉCOUTER.
JE N'AURAIS PAS DÛ ALLER EN EXPÉDITION TOUTE SEULE...
GHH...
...
SHIINA N'EST NULLE PART !!
C'EST LA PREMIÈRE FOIS QUE JE L'AMENAIS CHEZ MES PARENTS...
NE T'EN FAIS PAS, NOUS ALLONS LA RETROUVER.
MAMAN, PAPA...
LES DIEUX ONT DÉJÀ ENLEVÉ DES GENS, ICI...
CE N'EST PAS LE MOMENT DE RESSORTIR LES VIEILLES LÉGENDES !
JE NE TIENDRAI PAS LONGTEMPS...
SHOUU

...
VEUX-TU MOURIR...
ENFANT HUMAINE ?

HUM...
...
UN RÊVE ... ?
REGARDE DES ŒUFS AUX PLATS !
CEUX QUI NAISSENT AVEC UN DESTIN DIVIN SONT BIEN AU-DESSUS DE VOUS AUTRES, N'EST-CE PAS ?
QUOI !?
TU TE VANTES AVEC ÇA !?
LES JAUNES SONT PERCÉS !
QU'EST-CE QU'ILS FABRIQUENT ?
TU NE SAIS MÊME PAS CASSER UN ŒUF !
TU ME SOÛLES, AMANE !!
BONJOUR, MLLE SHIINA.

SHIINA !! TU VAS NOUS DÉPARTAGER, LEQUEL DES DEUX PLATS EST LE MEILLEUR ?
BAAM
LE MIEN, ÉVIDEM-MENT !!
HEU ...
C'EST CENSÉ ÊTRE QUOI ? DES ŒUFS AU PLAT... ?
ET ÇA, JUSTE DES ŒUFS DURS ?
CLANG
COM-MENT ÇA, " CENSÉ " ?
JE NE LES CASSE PAS À CHAQUE FOIS !!
TU VAS UN PEU LOIN, LÀ !!
TOI TU NE PEUX MÊME PAS EN TOUCHER, DÉESSE DESTRUC-TRICE !
BLOOOM

ARRÊTE DE TOUT DÉTRUIRE, SHIINA !!
DÉSOLÉE, CHISA...
AMANE, UN ESPRIT DE MIZU-KAGAMI DESCENDU DU CIEL.
SON SERVI-TEUR GOJÔ.
LE RENARD FÛTA, ENVOYÉ D'UN UJIGAMI.
DEPUIS QU'AMANE ET GOJÔ SE SONT INSTALLÉS CHEZ NOUS, PUIS PAR LA SUITE FÛTA...
LA MAISON RESSEMBLE À UN GRAND CHANTIER.
CECI DIT, JE COMMENCE À M'Y FAIRE AUSSI.
OUBLIE LE RANGEMENT ET VA PLUTÔT MANGER.
TU VAS EN COURS, NON ?

OUI, POUR UNE FOIS...
MOI AUSSI !
MAIS ON A LE DROIT DE S'ÉLOIGNER AU MOINS L'ÉQUIVALENT DE CETTE DISTANCE, NON ?
JE T'ACCOMPAGNE QUAND MÊME.
BAH, SI TU VEUX...
APPAREMMENT NOS DEUX ÂMES SERAIENT LIÉES...
CE QUI NOUS EMPÊCHE DE NOUS SÉPARER AU-DELÀ D'UNE CERTAINE DISTANCE...
MAIS NORMALEMENT, ON A ACCUMULÉ SUFFISAMMENT DE PUISSANCE POUR NE PLUS ÊTRE COLLÉS-SERRÉS !
EN VOLANT LES ONGLES DE L'UJIGAMI QUE PORTAIT FÛTA...

POURTANT, IL RESTE AVEC MOI...
POURQUOI ?
PEUT-ÊTRE QU'IL N'EST PAS ENCORE HABITUÉ À CE MONDE... ?
OU EST-CE QUE...
QU'EST-CE QUE TU FAIS AVEC NOUS, FÛTA ?
SI JE RESTE À LA MAISON, ON VA ME COLLER LE MÉNAGE !
TU NE DEVRAIS PAS PLUTÔT RENTRER ?
TON FRÈRE... SÔ, C'EST ÇA ? IL AVAIT L'AIR DE VRAIMENT S'INQUIÉTER POUR TOI.
GLOUP

PAS ...
PAS QUESTION !!
BAAH
J'HALLUCINE...
T'ES LOURD !!
SÔ N'EST PAS LE PROBLÈME ! EN PLUS JE LUI AI DIT DE NE PAS ME BALANCER...
À YAKKUN AUSSI...
LE LOUP SÔ, ENVOYÉ DE L'UJIGAMI.
YAKKUN, LE CORBEAU.
PAR CONTRE, NOTRE AÎNÉ...
JE NE VEUX PAS REPARTIR !!
OK, ON A COMPRIS...
BON, MOI JE VAIS À L'ÉCOLE.
C'EST TOUT DROIT...
À CE SOIR !
...

DIS DONC, AMANE...
TU LA LAISSES Y ALLER ?
ET ALORS ?
ON A ÉTÉ ENFERMÉS DEDANS, NOUS AUSSI.
TU NE CROIS PAS QU'IL SE PASSE QUELQUE CHOSE ?
SHIINA ET MOI PARTAGEONS NOTRE ÂME.
SI PAR MALHEUR ELLE SE RETROUVAIT EN DANGER, JE LE SENTIRAIS.
EN PLUS...
C'EST TOI QUI M'AS DIT QU'ELLE S'ÉLOIGNAIT PARCE QUE JE LA COLLAIS TROP, NON ?
HEIN ?

JE CROIS QU'ELLE VOULAIT JUSTE ALLER À L'ÉCOLE...
COMME ELLE L'A TOUJOURS FAIT.
JE PEUX BIEN ACCEPTER ÇA...
IL EST BIEN CALME, SUBITEMENT...
JE NE SAIS PAS COMMENT RÉAGIR...
CECI DIT, POURQUOI UN DIEU DEVRAIT-IL FAIRE L'EFFORT DE COMPRENDRE LE BAS PEUPLE ?
FÛTA, J'AIMERAIS VOIR CE QUE C'EST, " MACDO ".
TING
JE SUIS PERSUADÉ D'AVOIR RESSENTI QUELQUE CHOSE DE LOUCHE, LÀ-BAS.
IL N'EST QUAND MÊME PAS DANS UN LYCÉE DE FILLE... ?
BAH, ELLE NE RISQUE RIEN...

GOJÔ, JE SORS FAIRE DES COURSES !
TU GARDES LA MAISON ?
ENTENDU, CHISA.
JE VAIS NETTOYER UN PEU LE JARDIN.
SHOUU
FLAP

FLAP
" POURQUOI ÊTRE DESCENDUS SUR TERRE ? "
BAAAA...
!!

IL NOUS CHERCHE PARCE QU'IL NE NOUS VOYAIT PLUS ?
TOUT DE MÊME…
LE PAYS DES DIEUX OUBLIÉS EST POURTANT COUPÉ DU RESTE DU MONDE…
WAKENO-KIMI…
WAKENOKIMI …!?
JE SUIS TOUJOURS TON FIDÈLE SERVITEUR.
J'IMPLORE TON PARDON D'AVOIR QUITTÉ LES CIEUX SANS AUTORISATION PRÉALABLE.

AMANE EST DESCENDU SUR TERRE AFIN DE RÉALISER SON RÊVE DE DEVENIR UN DIEU !
IL VOULAIT DE CE FAIT DEVENIR UN ÉLÉMENT FORT À TES CÔTÉS…
FLAP
" IL M'A PIQUÉ MON ÉVENTAIL, PAS VRAI !? "
ÇA PART MAL, LÀ…
…
QUELLE QUE SOIT SA PUNITION…
JE TE PRIE DE BIEN VOULOIR LA REPORTER SUR MOI.
JE L'AVAIS BIEN PRÉVENU…
NE POUVONS-NOUS PAS DISPOSER D'UN PEU DE TEMPS ?
POUR AMANE…

IL PRÉVOYAIT DE REVENIR À TES CÔTÉS UNE FOIS DÉIFIÉ...
DANS TON INTÉRÊT ÉGALEMENT, TOI SON DIEU ET SON PÈRE DE CŒUR.
FLAP
JE TE SUPPLIE DE BIEN VOULOIR L'EXAUCER...
PLAF

"LAISSE-LE SUR TERRE ET VIENS ME RAPPORTER MON ÉVENTAIL."
...
WAKENOKIMI ... ?
C'ÉTAIT VRAIMENT UN DRÔLE DE RÊVE...
CE MATIN.

ÇA FAISAIT TRÈS RÉEL.
VEUX-TU MOURIR ?
MOMOSE !
TU TOMBES BIEN, VIENS M'AIDER À PORTER LES DOCUMENTS.
DE SCIENCES
BIEN, PROFESSEUR ...
ON A BIOLOGIE, EN 1re HEURE ?
ÇA M'ARRANGE BIEN, ATTENDS UNE SECONDE ICI.

ASSIEDS-TOI.
MERCI ...
TIENS, UN THÉ.
HEU, MERCI...
HUM... ?
IL N'A PAS L'AIR PRESSÉ...
ON NE DEVAIT PAS TRANSPORTER DU MATÉRIEL ?
MOMOSE ...
TU AS RATÉ BEAUCOUP DE COURS.
J'AI DU MAL À CROIRE QUE TU AIES JUSTE SÉCHÉ...
IL SE PASSE BEAUCOUP DE CHOSES CHEZ MOI, ET...
EN FAIT...

HA BON ? QUELQU'UN LOGE CHEZ TOI ?
OUI, UN PARASITE A DÉBARQUÉ...
HUM ?
C'EST ÉTRANGE, POURQUOI EST-CE QUE JE LUI RACONTE ÇA ALORS QU'IL N'EST MÊME PAS MON PROF PRINCIPAL ?
UN PARASITE... UN GARÇON, À PEU PRÈS DU MÊME ÂGE QUE TOI ?
COMMENT S'APPELLE-T-IL ?
AMANE, UN ESPRIT DE MIZUKA-GAMI...
AVEC SON INTENDANT, GOJÔ...
MAIS...

QU'EST-CE QU'IL SE PASSE ?
JE N'AI JAMAIS EU L'INTENTION DE TOUT LUI DIRE !
QU'Y A-T-IL, MOMOSE ?
QUELQUE CHOSE NE VA PAS ?

QUI ES-TU ?
N'AI-JE PAS L'AIR D'UN SIMPLE PETIT PROF DE BIOLOGIE ?
APPAREMMENT TU AS DÉJÀ RENCONTRÉ MES DEUX PETITS FRÈRES ?
LES TROIS FRÈRES AU SERVICE D'UN UJIGAMI : LE CADET, FÛTA LE RENARD...
ET LE SECOND, SÔ LE LOUP...
...
NE ME DIS PAS QUE TU...

HÉ SI !
JE SUIS L'AÎNÉ : KANAE, LE CORBEAU BLANC HAKUA.
!!
GLOUP

ÇA TE SURPREND À CE POINT ?
PFU...
JE T'AI ATTENDUE QUELQUES TEMPS, MAIS TU NE VENAIS PAS ALORS...
J'AI QUESTIONNÉ TES AMIES.
!
NE TE FÂCHE PAS.
TU DOIS PENSER QUE ÇA NE TE REGARDE PAS, NON ?
MALHEUREUSEMENT, TU ES DÉJÀ TRÈS IMPLIQUÉE.
CETTE ZONE EST PROTÉGÉE PAR NOTRE UJIGAMI DEPUIS LONGTEMPS.
IL EST LOGIQUE QU'ON SE MÉFIE D'UN DIEU CÉLESTE.
TU CROIS QU'ON PEUT S'INTRODUIRE CHEZ LES AUTRES SANS CONSÉQUENCE ?
...

NOUS AVONS AUSSI NOTRE HONNEUR À PRÉSERVER.
VOUS AURIEZ PU FAIRE PREUVE D'UN PEU DE DÉLICATESSE...
IL DORT DANS LE LIT DES AUTRES...
ILS ME VOLENT MES ÉCONOMIES...
10000 YENS
C'EST VRAI QUE QUESTION DÉLICATESSE...
ALORS QU'EST-CE QUE TU ATTENDS DE NOUS ?
JE VEUX D'ABORD RENCONTRER L'ESPRIT...
ET NOUS DÉCIDERONS CALMEMENT DES MESURES À PRENDRE.

LUI FAIRE RENCONTRER AMANE... ?
JE NE SUIS PAS SÛRE QU'IL SAURAIT DISCUTER PAISIBLEMENT, MAIS...
IL RISQUE DE CRÉER ENCORE DES PROBLÈMES, À FORCE DE N'EN FAIRE QU'À SA TÊTE.
IL VAUDRAIT PEUT-ÊTRE MIEUX AVOIR UNE PETITE EXPLICATION, QUITTE À FORMULER DES EXCUSES...
JE LEUR EN PARLERAI.
TRÈS BIEN.
MERCI, MOMOSE.
JE SAVAIS QUE TU ME COMPREN-DRAIS.

FLAP FLAP
FLAP
...
DÉCIDÉ-MENT...
VOUS NE ME SERVEZ VRAIMENT À RIEN.

YA-CHIYO…
POURQUOI NE M'AVOIR RIEN DIT, POUR FÛTA ?
HIII !!
JE… JE SUIS NAVRÉ, CORBEAU BLANC !!
C'EST MOI QUI LUI AI DEMANDÉ D'ATTENDRE UN PEU.
J'AVAIS PRÉVU QU'IL FASSE DES SIENNES, MAIS PAS QU'IL RETOURNE SA VESTE !
JE L'AI SANS DOUTE MAL ÉDUQUÉ…
IL NE NOUS A PAS LAISSÉS TOMBER.
IL A JUSTE TROP PEUR DE TOI.
…

ALORS TU AS RENCONTRÉ LES ÊTRES DU CIEL ?
POURQUOI RENTRES-TU AVEC L'AIR AUSSI ABATTU ?
... PARCE QU'AUCUN DE NOUS N'A GAGNÉ.
ET PUIS JE ME SUIS DIT QUE TU CHERCHAIS SURTOUT À LES OBSERVER, AVANT DE FAIRE QUOI QUE CE SOIT.
TU ES INTELLI-GENT.
HUM...
GRAND FRÈRE...
POURQUOI NE LES AS-TU PAS ENCORE EXPULSÉS ?

C'EST CE QUE JE VOULAIS FAIRE AU DÉPART.
UNE FOIS VIRÉS, L'AFFAIRE ÉTAIT CLOSE.
HUUM...
C'EST VRAI.
D'AIL-LEURS...
ÇA FAIT TRÈS LONGTEMPS QUE JE N'AI PAS ENTENDU NOTRE UJIGAMI.
TU TE DEMANDES SI L'ORDRE VIENT BIEN DE NOTRE UJIGAMI ?

SÔ...
AI-JE DÉJÀ FAIT QUELQUE CHOSE QUI NE SOIT PAS DANS SON INTÉRÊT ?
NE TE FAIS PAS DE SOUCI.
...

episode 7 end.

episode 8

VOICI LE TEMPLE.
BIEN, HONORONS SON " POUR-PARLER ", ALORS !
DIS, AMANE...
ON NE FERAIT PAS MIEUX D'ATTENDRE FÛTA ET GOJÔ ?
TING
TU NE M'EN CROIS PAS CAPABLE ?
CE N'EST PAS CE QUE J'AI DIT...
ON EST DANS DE BEAUX DRAPS...
MÊME SI JE LE PENSE UN PEU...

QUAND J'AI RACONTÉ CE QU'IL VENAIT DE M'ARRI-VER…
TU AS RENCONTRÉ KANAE… À L'ÉCOLE !?
IL… IL N'A RIEN DIT SUR MOI, AU MOINS !?
NON, PAS UN MOT…
MAIS IL VEUT PARLER À AMANE.
AVEC MOI ?
IL DIT QUE VOUS ÊTES ARRIVÉS SANS PRÉVENIR SUR LES TERRES DE SON DIEU.
MAIS RASSURE-TOI, IL NE CHERCHAIT PAS LA BAGARRE !
HUM…
LE CHEF DES SERVITEURS DU DIEU D'ICI ? TRÈS BIEN…
SÛREMENT PAS !!

CE N'EST PAS UNE BONNE IDÉE.
CETTE FOIS, IL VAUT MIEUX REMONTER AU CIEL.
GOJÔ ... ?
NOUS AVONS AGI COMME DES SAGOUINS.
ILS PASSERONT L'ÉPONGE, SI ON DISPA-RAÎT.
MAIS JE NE SUIS PAS ENCORE DEVENU UN DIEU !
NOUS N'AVONS RIEN À FAIRE ICI, TU NE SAIS MÊME PAS COMMENT FAIRE.
CETTE PETITE PLAI-SANTERIE A ASSEZ DURÉ.
GOJÔ !

BLAAAM
DE QUEL DROIT OSES-TU !?
JE N'AI PAS FAIT TOUT CELA POUR M'AMUSER !!
QUAND TU AS DÉCIDÉ QUELQUE CHOSE, TU N'ÉCOUTES PLUS LES AUTRES.
JE T'AI SUIVI EN ESPÉRANT QUE CELA TE SATISFERAIT, MAIS L'HEURE N'EST PLUS À CELA.
COMMENT CELA... ?
L'UJIGAMI DU COIN PEUT DIRE CE QU'IL VEUT, NOUS...
WAKENOKIMI VEUT QUE TU...
...
HA !

... QUOI ?
...
WAKENOKIMI SAIT QUE TU ES SUR TERRE.
IL NE T'AUTORISERA PEUT-ÊTRE PLUS À RENTRER AUX CIEUX.
C'EST LUI QUI TE L'A DIT ?
PEUT-ÊTRE QU'EN TE DÉPÊCHANT DE T'EXCUSER...
M'EXCUSER !?
J'AI QUITTÉ LE PAYS DES DIEUX OUBLIÉS POUR ME DÉIFIER...
MAIS C'EST AUSSI POUR VOUS DEUX !!

JE DÉTESTE QUAND IL SE PLAINT, COMME ÇA !
IL PASSE SON TEMPS À M'ÉCARTER DE...
AMANE !!
WAKENOKAMI EST LE PILIER CENTRAL DES DIEUX DU CIEL... PENSES-TU AVOIR LE DROIT DE PARLER DE LUI AINSI ?
...

REMONTE, SI TU VEUX.
MOI, JE VAIS À CETTE RENCONTRE.
JE RESTERAI JUSQU'À DEVENIR UN DIEU.
ATTENDS, AMANE...
HÉ, LA DÉESSE !
HEIN !?
NE COMPTE PAS SUR MOI POUR VOUS ACCOMPAGNER NON PLUS !
NI TOI NI GOJÔ... ? COMMENT VA-T-ON FAIRE !?
JUSTE NOUS DEUX ?
ALORS ÇA...
ESSAIE DE LE CONVAINCRE DE NE PAS S'Y RENDRE !
SÉRIEUSEMENT, VOUS NE DEVRIEZ PAS !
MAIS...
IL... IL EST COMMENT, TON FRANGIN !?
IL A LES ONGLES DE L'UJIGAMI SUR LA LANGUE !

PERSONNE NE GAGNE CONTRE LUI, EN PARLOTE !
IL CAPTE TOUS LES POINTS FAIBLES DE SON ENNEMI ET LE FAIT ENSUITE DÉPRIMER À MORT !
QU'IL Y AILLE S'IL VEUT, MAIS IL N'A PAS INTÉRÊT À PARLER DE MOI !!
SINON JE ME TIRE !!
...
C'EST AINSI ...
QUE NOUS NOUS SOMMES RETROUVÉS TOUS LES DEUX...
C'EST VRAI QUE QUAND IL DÉCIDE QUELQUE CHOSE, IL NE CHANGE PLUS D'AVIS...
MERCI D'ÊTRE VENU, AMANE.
JE SUIS LE CORBEAU BLANC HAKUA DE NOTRE UJIGAMI, KANAE.
MERCI BEAUCOUP MOMOSE, C'EST GRÂCE À TOI QUE JE RENCONTRE UN ÊTRE CÉLESTE.
BRR
DE RIEN ...

TON DIEU NE NOUS REJOINT PAS ?
IL N'EST PAS EN FORME.
JE SUIS NAVRÉ.
DE QUOI DÉSIRES-TU PARLER ? TU EXIGES NOTRE DÉPART ?
...
NON...
JE NE VOIS AUCUN OBSTACLE À VOTRE PRÉSENCE PARMI NOUS.
JE VEUX JUSTE CONNAÎTRE LA RAISON DE VOTRE VENUE.

LES CIRCONSTANCES SERAIENT DIFFÉRENTES SI VOUS VENIEZ VOLER CETTE ZONE.
COM-MENT ?
UNE FOIS ASSURÉ QUE VOUS NE NOUS VOULEZ PAS DE MAL, JE POURRAI MÊME TE PORTER ASSISTANCE.
LES COMBATS APPAU-VRISSENT LES TERRES.
...
DOUTES-TU DE MOI ?
TU N'ES PAS OBLIGÉ DE TOUT ME RÉVÉLER.
...
POUR DEVENIR UN DIEU.

HO... ?
JE VIVAIS AU PAYS DES DIEUX OUBLIÉS, AU MILIEU D'AUTRES DÉLAISSÉS.
JE N'AURAIS PAS PU ÉVOLUER LÀ-BAS.
JE CROIS...
TU ES UN ESPRIT DE MIZUKAGAMI, N'EST-CE PAS ?
DONC, PAS ENCORE UN DIEU...
QU'IL EST DÉJÀ TOMBÉ DANS LE PANNEAU.
UN ESPRIT EST UNE ÂME SANS FORME QUI OCCUPE UN CORPS.
TU ES DONC LA REPRÉSENTATION D'UN DIEU...
OU PLUTÔT UNE " CHOSE ".

IL T'A SANS DOUTE CÉDÉ UN PEU D'ÂME SAINTE, LA SOURCE DE LEUR PUISSANCE.
TON ÂME A ÉTÉ FABRIQUÉE.
N'AS-TU JAMAIS ENTENDU CE CONTE ? L'HISTOIRE D'UNE POUPÉE DE TERRE DANS LAQUELLE ON MIT UNE ÂME, ET QUI DEVINT HUMAINE...
TON ÂME VIENT D'UN DIEU ET TON CORPS A ÉTÉ FABRIQUÉ.
... ET ALORS ?
J'EN SUIS CONSCIENT.
COMBIEN DE TEMPS TE FAUDRA-T-IL POUR ÉVOLUER ?
CENT ANS AU MIEUX, PEUT-ÊTRE PLUSIEURS DIZAINES DE MILLIERS D'ANNÉES ?

ES-TU SÛR DE NE PAS PERDRE L'AMOUR DE TON CRÉATEUR, ENTRETEMPS ?
POURRAIS-TU CONSERVER TON APPARENCE, S'IL T'ABANDONNAIT ?
" IL NE TE PERMETTRA PEUT-ÊTRE PAS DE RENTRER... "
AMANE ...
ÇA L'A CHAMBOULÉ ...!
DIS DONC ... !!

QUE PEUX-TU SAVOIR DE LUI !?
C'EST VRAI...
ALORS ESSAIE DE LE TOUCHER ?
PAS... PAS BESOIN DE CELA...
JE L'AI DÉJÀ FAIT...
IL EST TOUT À FAIT NORMAL ...
IL EST AISÉ POUR UN DIEU D'ENGENDRER QUELQUE CHOSE DE DOUX OU CHAUD AU TOUCHER...
MAIS LORSQUE LA CONFIANCE MUTUELLE S'ÉCROULE...
...
AMANE, NON... !

SURTOUT NE L'ÉCOUTE PAS...
GLOUP
!!
AMANE, NE REJETTE PAS CE CORPS.
TON DIEU L'A CRÉÉ POUR ACCUEILLIR TON ÂME.
IL EST GLACÉ...

IL POURRAIT EN CONTENIR BIEN D'AUTRES, D'AILLEURS.
TON INSTABILITÉ NE VIENT PAS DE CE CORPS, MAIS DE TON ÂME.
ELLE DÉPEND DES CAPRICES ET DES HUMEURS CHANGEANTES DES DIEUX.
NE TROUVES-TU PAS CELA RIDICULE DE VIVRE EN CRAIGNANT DE PERDRE L'AMOUR DE TON CRÉATEUR ?
IL SUFFIT !!
JE N'AI PAS PEUR !!
TU N'AURAIS PLUS À TE SOUCIER DE CELA, EN TE DÉIFIANT.
TON ÂME SE RENFORCERAIT...

TU VEUX SAVOIR COMMENT T'APPROPRIER CETTE FORCE ?
... OÙ VEUX-TU EN VENIR... ?
JE PEUX T'ENSEIGNER LE MOYEN DE RÉALISER TON RÊVE.

SI TU ACCEPTES DE TOUT ABANDONNER DERRIÈRE TOI...
JE POURRAI T'AIDER.
JE VAIS VRAIMENT... DEVENIR UN DIEU ?
NE LE CROIS PAS...
NE CROIS PAS CE QU'IL TE DIT... !!

AMANE, JE SUIS SÛRE QUE QUELQUE CHOSE NE VA PAS !!
SHIINA...
POURQUOI VEUX-TU ÉVOLUER !?
CE N'ÉTAIT PAS POUR GOJÔ ET WAKENOKIMI ... ?
SI...
MAIS MÊME SI JE LE VOULAIS, JE N'ARRIVERAIS À RIEN SANS POUVOIRS.
TU TE RATTRAPERAS UNE FOIS QUE TU SERAS ARRIVÉ À TON BUT !
SH//
JE FERAI N'IMPORTE QUOI POUR Y PARVENIR... J'AI ÉTÉ TROP NAÏF.
JE VAIS UTILISER SES SERVICES...

EST DE PLUS EN PLUS FROIDE...
IDIOT... TU ES DÉJÀ SOUS SON EMPRISE !!
MOMOSE ...
TU SAIS QUE CE N'EST PAS SI FACILE !
TU DEVRAIS RENTRER.
TON RÔLE S'ACHÈVE ICI.
PAS QUESTION ! POURQUOI ...
AU FAIT, TU ES AU COURANT ?
LA MÊME PUISSANCE QUE LUI... UNE " ÂME DE DIEU " DORT EN TOI.

VOUS VOUS ÊTES RETROUVÉS QUAND AMANE EST DESCENDU.
NOUS N'AVIONS RIEN SOUPÇONNÉ NOUS NON PLUS AVANT CELA.
J'AI BIEN ENVIE DE TE LA VOLER POUR L'OFFRIR À NOTRE UJIGAMI, MAIS...
TU ES NÉE ET A GRANDI ICI, ALORS JE PRÉFÈRE T'ÉPARGNER.
TU AS MÊME UN PORTE-BONHEUR DE NOTRE TEMPLE DANS TON SAC...
RENTRE GENTIMENT CHEZ TOI.
TU MOURRAS SI JE TE LA DÉROBE.

MOURIR... ?
QU'EST-CE QUE TU ESSAIES DE FAIRE, LOUP ?

CRITCH
NOTRE FRÈRE AÎNÉ A DIT QUE NOTRE UJIGAMI...
ÉTAIT ENFERMÉ ICI.
JE L'AI TOUJOURS CRU...
MAIS JE N'EN SUIS PLUS SÛR.
SI AU MOINS JE SAVAIS CE QU'IL A EN TÊTE...
HII... !
SI JAMAIS HAKUA L'APPREND...
N'ARRACHE PAS LES SCEAUX !!
A... ARRÊTE !!
FLAP
JE DOIS VÉRIFIER...

GNI...
GNI...
SHOUU
!?
S'IL EST VRAIMENT ICI.
GNI...

RIEN…
IL N'EST PAS LÀ !?
TU…
TU AS VU… ? CE QU'IL S'EST PASSÉ…
ICI…
C'EST LUI QUI L'A TUÉ…
episode 8 end.

AU CIEUX.
GOJÔ, JE DESCENDS SUR TERRE POUR DEVENIR UN DIEU !
episode 9
QUOI, ENCORE ? TU T'ES DISPUTÉ AVEC WAKENO-KIMI ?
AUCUN RAPPORT !!
IL N'Y A AUCUNE ACTIVITÉ DANS UN PAYS OÙ TOUT LE MONDE EST OUBLIÉ !
IL NOUS FAUT DES DIEUX EN FONCTION !
JE VAIS ÉVOLUER, ET ENSUITE REVENIR !
COMME ÇA WAKENOKIMI RÉALISERA MA VALEUR ÉGALEMENT !
ET TOI, TU SERVIRAS UN DIEU !
TU VOIS QUE ÇA A UN RAPPORT AVEC LUI...
QU'EST-CE QU'IL T'A DIT ?
!

...
QUE DE TOUTE FAÇON, JE PARTIRAI UN JOUR..
TOUT COMMENÇA PAR CETTE PHRASE...
episode 9

SHIINA, JE TE LE DONNE.
JE N'EN AI PLUS L'UTILITÉ.
JE...
JE N'AI PAS PU LE RETENIR.
...
VRAIMENT ... ?
VOTRE RENCONTRE S'EST DONC PASSÉE AINSI ?

UN ESPRIT EST UNE ÂME SANS FORME, QUI OCCUPE UN CORPS.
...
POURRAIS-TU CONSERVER TON APPARENCE, S'IL T'ABANDONNAIT ?
LES ESPRITS SONT DIFFÉRENTS DES HUMAINS ?
IL A ÉTÉ TELLEMENT BOULEVER-SÉ...
QUE SES MAINS SONT DEVENUES AUSSI FROIDES QUE CELLES D'UNE MARIONNETTE.
JE N'AI PAS PARTAGÉ SES SENSATIONS EN LE TOUCHANT, MAIS J'AI ÉTÉ CHOQUÉE AUSSI.
J'AI COMPRIS QU'IL N'ÉTAIT PAS HUMAIN ...
...

PHYSIQUEMENT IL VOUS RESSEMBLE, MAIS SON ÂME A ÉTÉ CRÉÉE À PARTIR DE MATIÈRE.
ELLE EST PLUS FRAGILE ET PEUT S'ÉCHAPPER FACILEMENT.
EN PARLANT DE ÇA, IL M'A DIT QUE J'AVAIS ÉGALEMENT UNE " ÂME DE DIEU " EN MOI... ?
ÇA APPARTIENDRAIT À CELUI QUI A CRÉÉ AMANE ?

QUOI ?
JE NE M'EN SOUVIENS PAS !
CELA EXPLIQUERAIT VOTRE SYMBIOSE ?
ALORS TU AS DÛ RENCONTRER WAKENOKIMI...
PEUT-ÊTRE DANS LE VENTRE DE TA MÈRE...
PRENDS CE PORTE-BONHEUR !
JE N'AIMERAIS PAS QUE TU DISPARAISSES À NOUVEAU...
"À NOUVEAU"...
VEUX-TU MOURIR ? ENFANT HUMAINE...

CHISA !
MLLE SHIINA !?
TU AS L'AIR BIEN AFFOLÉE ... ?
JE SUIS DÉJÀ ALLÉE CHEZ TES PARENTS, PETITE ?
AU FIN FOND DE LA MON-TAGNE...
SHIINA...
TU T'EN SOUVIENS ?

CE N'ÉTAIT PAS UN RÊVE !?
EST-CE QUE J'AI DÉJÀ DISPARU APRÈS ÊTRE SORTIE M'AMUSER TOUTE SEULE... ?
HO OUI !
ON T'A CHERCHÉE TROIS JOURS ET TROIS NUITS EN VAIN, ET TU ES FINALEMENT RENTRÉE TOUTE SEULE !
PAR CONTRE, TU AVAIS TOUT OUBLIÉ.
ON S'EST FAIT TELLEMENT DE SOUCI... !
GOJÔ...
EST-CE QUE CE WAKENOKIMI EST TOUT BLANC, AVEC DES CHEVEUX JUSQU'AUX PIEDS... ?
!!

JE SUIS SÛRE...
QUE C'EST DE LUI QU'IL S'AGIT.
MAIS OUI... !
POURTANT, IL EST RECLUS AU PAYS DES DIEUX OUBLIÉS.
JE NE SAVAIS PAS QU'IL ÉTAIT DÉJÀ DESCENDU... ?
J'EN AI RÊVÉ.
SI C'EST VRAIMENT ARRIVÉ, ALORS ÇA VEUT DIRE QUE JE SUIS MORTE UNE FOIS !
COMMENT... ?
MAIS...
TU MOURRAS SI JE TE LA DÉROBE.
DING DONG

CLAP
JE SUIS DÉSOLÉE, MAIS NOUS SOMMES TRÈS OCCUPÉS.
QUOI !?
DIS À FÛTA DE VENIR.
J'AI À LUI PARLER.

W.C.
FÛTA, SORS DE LÀ !!
TON FRÈRE EST VENU POUR TOI !
PAS... PAS QUES-TION !!
JE SUIS SÛR QUE C'EST NOTRE AÎNÉ QUI L'A ENVOYÉ !!
SI J'Y RETOURNE, IL ME TUERA !
IL A L'AIR TERRORISÉ...
QU'EST-CE QUE KANAE LUI A FAIT ?
C'EST LUI QUI L'A ÉLEVÉ.
IL ÉTAIT CAPABLE DE LE CARESSER ET DE LUI EN COLLER UNE LA SECONDE D'APRÈS.
N'IMPORTE QUI DEVIENDRAIT CINGLÉ, AVEC UN TRAITEMENT PAREIL.
KIIIIIH
KIIIIIH

FÛTA, ESSAIE AU MOINS DE L'ÉCOUTER...
CLAP
JE T'AI DIT DE NE PAS PARLER DE MOI !!
MAIS QU'EST-CE QUE TU VEUX, À LA FIN ?
HA BON... ALORS IL S'EN FICHE, DE MOI... ?
IL N'AVAIT PAS L'AIR FÂCHÉ CONTRE TOI, EN PLUS.
JE N'AI RIEN DIT.
IL NE T'A PAS ÉVOQUÉ NON PLUS.
ON DIRAIT BIEN QUE CE KANAE RESTE MYSTÉRIEUX...
FÛTA, ÉCOUTE-MOI !
CE N'EST PAS LUI QUI M'ENVOIE !

NOTRE UJIGAMI A DISPARU DU TEMPLE.
QU'EST-CE QUE TU RACONTES !? C'EST VRAI QU'ON NE L'A PAS VU DEPUIS UN MOMENT, MAIS...
ON LE SAURAIT, SI SES POUVOIRS S'ÉTAIENT ÉTEINTS !
C'EST VRAI QU'ON A ENCORE FORME HUMAINE.
CE QUI VEUT DIRE QUE SON ÂME EST QUELQUE PART.
SON ÂME .... ?

SON CORPS N'EXISTE PLUS.
IL A ÉTÉ ASSASSINÉ, SÛREMENT POUR LA LUI DÉROBER.
J'AI VU LES SOUVENIRS DU PASSÉ EN DESCELLANT LA PORTE.
NOTRE FRÈRE ÉTAIT EN TRAIN DE L'ÉTRANGLER.
C'EST IMPOSSIBLE !!
IL A TOUJOURS ÉTÉ À SON SERVICE !!
KANAE ... !?
NOTRE DIEU AUSSI LUI FAISAIT CONFIANCE !
CE N'EST PAS...

MOI NON PLUS...
JE NE SAIS PAS DANS QUEL BUT IL A FAIT ÇA.
... !
POURQUOI EST-CE QU'AMANE L'A ÉCOUTÉ ... ?
IL AVAIT L'AIR TELLEMENT PRESSÉ...
POURTANT, IL SAIT BIEN QUE C'EST UNE MAUVAISE IDÉE !
MLLE SHIINA...
CE N'EST PAS TA FAUTE.
EST-CE QUE JE T'AI DÉJÀ RACONTÉ L'ÉPOQUE OÙ IL VIVAIT AUX CIEUX ?
...

WAKENOKIMI A CRÉÉ AMANE À PARTIR DE MATIÈRE EN LUI DONNANT FORME HUMAINE...
PARCE QU'IL VOULAIT QUELQU'UN À QUI PARLER.
IL AVAIT PASSÉ TELLEMENT DE TEMPS AU PAYS DES OUBLIÉS, QU'IL S'ENNUYAIT.
TU N'ÉTAIS PAS LÀ ?
LES SERVITEURS NE COMPTENT PAS...
POUR AMANE, WAKENOKIMI ÉTAIT COMME SON PÈRE, IL ÉTAIT TOUT SON MONDE.

MAIS PARFOIS, CE PÈRE ÉVITAIT SA COMPAGNIE...
CE QUI LUI FAISAIT MAL AU CŒUR.
JE CROYAIS QU'IL CHERCHAIT UN CAMARADE POUR DISCUTER ... ?
OUI, CE N'EST PAS LOGIQUE.
IL A SA FAÇON À LUI D'AIMER SON PETIT PROTÉGÉ, MAIS...
ILS NE SAVENT PAS SE LE DIRE.
ILS SE RESSEMBLENT BEAUCOUP, EN PLUS !
TÊTUS, FIERS, INCAPABLES D'EXPRIMER CORRECTEMENT LEURS SENTIMENTS...

ET SURTOUT, ILS SAVENT CE QUE CELA FAIT DE SE SENTIR SEUL.
MLLE SHIINA...
AMANE A SEULEMENT PEUR.
IL CHERCHE QUELQU'UN QUI NE LE LAISSERA JAMAIS TOMBER.

C'EST POUR ÇA QU'IL VEUT DEVENIR UN DIEU ?
JE N'AI RIEN COMPRIS ...
MLLE SHIINA...
OÙ ALLEZ-VOUS ?
JE RETOURNE LE VOIR.
JE DOIS LUI PARLER.
QU'ON SOIT HUMAIN OU ESPRIT...
ON PEUT TOUJOURS EXPRIMER CE QU'ON RESSENT.

IL N'EST PAS OBLIGÉ DE DEVENIR UN DIEU, IL EST TRÈS BIEN COMME ÇA !

...
JE N'AIMERAIS PAS QU'IL AIT DES PROBLÈMES NON PLUS ...
NOUS AUSSI...
ALLONS-Y.
L'ÂME DIVINE EN TOI...
TU MOURRAS SI JE TE LA DÉROBE.
JE M'EN FICHE...
JE VEUX LE RETROUVER !

LES SCEAUX SONT ARRACHÉS…
SÔ ?
JE T'EN PRIE, ENTRE.
OÙ EST-ON ?
CETTE PIÈCE EST LUGUBRE !
LA MISÈRE FLOTTE ICI !
…
DÉSOLÉ, NOUS AVONS ÉGALEMENT SUBI LA CRISE…

SÔ DOIT DÉJÀ ÊTRE AU COURANT.
IL VA FALLOIR QUE JE FASSE VITE.
AMANE ...
VEUX-TU DEVENIR UN DIEU TOUT DE SUITE ?
...
ÉVIDEMMENT, C'EST POUR CELA QUE JE SUIS ENCORE ICI.

ALORS ACCEPTES-TU DE FAIRE CE QUE JE TE DIRAI ?
CELA DÉPEND.
C'EST ENNUYEUX.
IL ME FAUT EN PREMIER LIEU TA CONFIANCE.
J'AI BESOIN QUE TU M'OUVRES TON CŒUR ...
SANS QUOI TU NE POURRAS PAS RECEVOIR LA PUISSANCE NÉCESSAIRE.

TES PAROLES ONT UNE DRÔLE D'INFLUENCE.
JE ME SENS COMME HAPPÉ... EST-CE LA FORCE DE TON UJIGAMI ?
...
HUM...
L'ÂME DES DIEUX DU CIEL DORT EN TOI.
C'EST UNE PARTIE DE TON CRÉATEUR ...
MALHEU-REUSEMENT, ELLE A DÉJÀ DU MAL À MAINTENIR TA FORME HUMAINE.
TU ES LOIN DU NIVEAU DIVIN.
IL VAUDRAIT MIEUX LA RETIRER, SI TU VEUX ÉVOLUER.
COM-MENT ?

TU AS BESOIN DE TON " ÂME DIVINE " PROPRE.
SHiii
COMMENT COMPTES-TU LA FABRIQUER ?
NE ME DIS PAS QUE TU EN POSSÈDES UNE... ?
SHLAAAC

C'EST...
UNE ÂME... !
JE VAIS LA METTRE EN TOI...
À LA PLACE DE CELLE DE TON DIEU CÉLESTE.

BLOOM
TOC
MON UJIGAMI N'A PAS BESOIN DE LA TIENNE.
ROUL
TU VAS DEVENIR LE RÉCEPTACLE DE NOTRE DIEU TERRESTRE.
N'ES-TU PAS HEUREUX ? TON VŒU S'EST RÉALISÉ !

TOUT CE QUE JE VOULAIS, C'ÉTAIT TON CORPS.
REVIENS À NOUS...
MON DIEU !

IL DOIT ÊTRE DANS LA PIÈCE PRINCIPALE.
PAR ICI !
GLOUP
HAAA !!
...
HA...
QUE SE PASSE-T-IL, MLLE SHIINA ?

JE NE SUIS PAS MORTE... JE PEUX ENCORE BOUGER, MAIS...
AMANE...
IL EST INCONSCIENT.
episode 9 end.

UNE CHANSON ? J'ENTENDS UNE VOIX...
J'AI ENCORE MES BRAS... MES JAMBES, MES YEUX, MES CHEVEUX...
RETOURNERONT À LA TERRE...
COMME UN ARBRE TOMBANT, MORT.
...
UJIGAMI, JE NE PEUX PAS...
POURQUOI... ? AVEC OU SANS MOI, CE QUARTIER NE CHANGERA PAS.
DE QUOI PARLENT-ILS ?

MON RÔLE EST FINI.
JE NE PEUX MÊME PLUS ME LEVER.
JE NE PEUX PAS...
SI TU DISPARAIS, MOI AUSSI...
DONNE-MOI TA MAIN... JE T'EN SUPPLIE...
FAIS CE QUE JE TE DEMANDE.
JE NE VEUX PAS QUE TU ME VOIES DANS CET ÉTAT.
JE NE...
J'AI ENVIE DE DORMIR...
SHI

AMANE...
AMANE ?
J'ENTENDS LA VOIX DE SHIINA... AU LOIN...
QUELLE NOS-TALGIE...
episode 10

VOUS VOILÀ ENFIN ?
... AMANE !!

AMANE ... !
IL N'EST PLUS LUI-MÊME.
RESTE EN RETRAIT.
C'EST L'ÂME DE DIEU DE WAKENOKIMI ... ?
JE SENS L'ESPRIT DE NOTRE UJIGAMI DANS L'ÊTRE DU CIEL.
... !!

TU AS INTERVERTI LES ÂMES ... !?
OUI.
IL A TOUT OUBLIÉ ET EST DEVENU LE RECEPTACLE DE NOTRE DIEU.
C'EST CELLE DE TON UJIGAMI QUI EST EN LUI... ?
AMANE !!
RÉVEILLE-TOI, AMANE !!

AMANE...
BAAAAH
CE N'EST PAS LUI...

BAAAH
RAMÈNE-LE À LUI !
SI TU VEUX REPRENDRE L'ÂME, FOUILLE DANS SON VENTRE AVEC LE COUTEAU !
JE VIENS JUSTE DE FAIRE LA MÊME CHOSE, JE NE SUIS PAS SÛR QU'IL LE SUPPORTERA.

ESPÈCE DE... !!
TU VEUX ME TUER ?
PAS DE PROBLÈME, J'AI FAIT CE QUE J'AVAIS À FAIRE.
AT-TENDS !
GRAND FRÈRE...
POURQUOI AS-TU FAIT CELA ?
POURQUOI NE PAS NOUS L'AVOIR EXPLIQUÉ ?
NOUS N'ÉTIONS PAS DIGNES DE TA CONFIANCE ?
...

JE NE PEUX PAS CROIRE QUE TU NOUS AIES TRAHIS...
TU N'AS QUAND MÊME PAS TUÉ NOTRE UJIGAMI, HEIN !?
SI, C'EST VRAI.
JE L'AI ASSASSINÉ.
JE LUI AI VOLÉ SON ÂME ET L'AI CACHÉE DANS LA PAUME DE MA MAIN.
J'ATTENDAIS DE TROUVER QUELQU'UN CAPABLE DE LA CONTENIR.

QUELQU'UN DE NORMAL N'AURAIT PAS CONVENU.
IL ME FALLAIT UN ÊTRE NON-HUMAIN QUI SERAIT HABITUÉ AUX FORCES DIVINES.
C'EST LÀ QU'IL EST DESCENDU DU CIEL.
POURQUOI AS-TU FAIT CELA !?
PARCE QUE JE VOULAIS LE MANI-PULER.
ALLEZ, MAINTENANT ÇA SUFFIT.

... TU MENS.
C'EST FAUX !!
POURQUOI MENTIR DE LA SORTE ?
JE NE VOUS EN DIRAI PAS PLUS.
PUNISSEZ-MOI.
ROUL
ROUL
ROUL
QUE ... ?
ÇA VIENT DE ROULER VERS MOI, NON ?

GLOUP
!!
C'EST L'ÂME QUI ÉTAIT EN AMANE ?
QU'EST-CE QUE TU AS ?
KANAE NE DIT PAS LA VÉRITÉ.
AMANE A TOUT VU.

JE L'AI SENTI DANS CETTE BILLE.
VOTRE UJIGAMI A SENTI VENIR SA FIN, IL VOULAIT MOURIR.
KANAE SAVAIT QU'IL SOUFFRAIT, IL N'A PAS PU LUI REFUSER.
IL SOUF-FRAIT ... ?
IL NE VOULAIT PAS...
QUE CEUX QU'IL AIME LE VOIENT FAIBLE ET DÉFIGURÉ.
VOTRE FRÈRE AVAIT L'INTENTION DE LE SUIVRE JUSTE APRÈS, MAIS...
SON CORPS A ALORS DISPARU, POUR NE LAISSER QUE LA BILLE DE SON ÂME.
... !!

IL A ALORS DÉCIDÉ DE CHERCHER UN AUTRE CONTENANT...
POUR LE FAIRE REVENIR, QUELLE QUE SOIT SA NOUVELLE APPARENCE.
TAIS-TOI !!
QU'ON SOIT UN DIEU, UN ESPRIT...
OU UN HUMAIN...
L'AMOUR QUE L'ON PORTE AUX AUTRES RESTE LE MÊME.
LES SENTIMENTS DE VOTRE DIEU ET CEUX D'AMANE RÉSONNENT ENSEMBLE.
CE SONT TOUS CES RESSENTIS...

IL SE SENTAIT TROP SEUL, À FORCE D'ATTENDRE INDÉFINIMENT...
ET A VOULU CHANGER SON DESTIN SANS MÊME RÉFLÉCHIR AUX CONSÉQUENCES.
JE VOULAIS LUI FAIRE COMPRENDRE...
QUE MÊME S'IL N'ÉVOLUAIT PAS, IL ÉTAIT TRÈS BIEN COMME ÇA.
IL AURAIT PU DEVENIR HUMAIN !
IL POURRAIT ALLER À L'ÉCOLE, TRAVAILLER...
...
COMME ÇA IL N'AURAIT PLUS JAMAIS...
À S'INQUIÉTER POUR SA CONDITION D'ESPRIT.

AMANE ...
RE-VIENS !
ON T'ATTEND TOUS...
AMANE...

GOJÔ, SON ÉVEN-TAIL...
JE L'AI AMENÉ, MAIS...
JE TE L'EM-PRUNTE.
SI MOI AUSSI J'AI UNE " ÂME DIVINE "...
JE DEVRAIS POUVOIR L'UTILI-SER..
SHLAAAAC
WAKE-NOKIMI !!!
TU M'EN-TENDS !?

WAKENOKIMI, J'AI QUELQUE CHOSE À TE DEMANDER !!
FAIS-EN UN HOMME, ET RENDS-LE MOI !!
SAUVE-NOUS TOUS !!
TIENS, GOJÔ !
CRAAC
SUPPLIE-LE AUSSI !!
QUOI !?
CELUI QUE J'AIME...

ON VEUT TOUS LA PERSONNE DE SON CŒUR À SES CÔTÉS…
ALORS…
REVIENS-MOI, AMANE…

SHOUUU!
!?

HAA...
POUR UNE FOIS QUE JE SORS DE MON PAYS, QU'EST-CE QUE JE TROUVE... ?
WAKE-NOKIMI ... !?

JE N'AI JAMAIS CRU...
HAA...
EN CE QUE JE NE VOYAIS PAS.
AMANE... AMANE !!
TU AS FINI DE NETTOYER LES STÈLES ?
DEPUIS UN MOMENT !
REGARDE UN PEU MIEUX, IL RESTE DES FEUILLES !
GRR
IL EST TOUJOURS AUSSI POINTILLEUX...
GRR
WAKENOKIMI AURAIT MIEUX FAIT DE LE TRANSFORMER EN CORBEAU...

AMANE !
... SHIINA ?
TU M'AS VU ME FAIRE REMETTRE EN PLACE ?
PAR CONTRE, DEPUIS MA RENCONTRE AVEC AMANE...
NOUS AVONS TOUS LES DEUX CHANGÉ.
NE ME DIS PAS QUE C'EST TOI QUI A MANGÉ LE FLAN QUI ÉTAIT AU RÉFRIGÉRATEUR !?
BEN, SI.
QUOI !? J'AVAIS ÉCRIT MON NOM DESSUS !!
SALE PIQUE-ASSIETTE !!
JE N'AI RIEN FAIT DE MAL, ÇA TRAINAIT.
BLAAAM

PAS DE BAGARRE !
AÏE, ÇA FAIT MAL !!
TOUT VA BIEN SE PASSER, MLLE SHIINA.
LES CHOSES IRONT COMME NOUS L'AVONS DIT.
C'EST CE QUE M'A DIT GOJÔ CE JOUR-LÀ.
AMANE EST ENSUITE DEVENU HUMAIN.

WAKENOKIMI EST UN DIEU CÉLESTE ET LEUR UJIGAMI UNE DÉESSE TERRESTRE.
LEUR UNION DONNE NAISSANCE À UN NOUVEL ÊTRE.
EN FAISANT AVALER À AMANE L'ÂME DE WAKENOKIMI...
ILS SE SONT UNIS EN LUI...
HÊ BIEN, ON DIRAIT QUE ÇA NE VALAIT PAS LA PEINE QUE JE DESCENDE SUR TERRE ?
LES ENVOYÉS AUSSI PRIRENT VIE...
FLAP
PAR CONTRE, LEUR DIEU N'EST PAS APPARU.
UNE LETTRE !
HA BON ? C'EST GOJÔ ?

CHER AMANE, J'ESPÈRE QUE TU VAS BIEN ?
TU NE CAUSES PAS TROP DE SOUCI AUX RESPONSABLES DU TEMPLE ?
ON DIRAIT TA MÈRE...
...
ICI RIEN N'A CHANGÉ.
WAKENOKIMI SE PLAINT DE S'ENNUYER, DU COUP IL A PLANTÉ DES TULIPES.
ÇA, C'EST CHISA QUI LUI A DONNÉ !
...
TU CROIS QU'IL SORT UN PEU ?
S'IL RESTE ENFERMÉ, IL VA ENCORE PLUS DÉPRIMER...
BAH...
EN PARLANT DE CELA, IL S'INQUIÉTAIT POUR MLLE SHIINA.

C'ÉTAIT UN JOUR OÙ JE N'AVAIS PAS PU REFUSER UNE INVITATION AVEC D'AUTRES DIEUX.
LORSQUE JE L'AI TROUVÉE, ELLE ÉTAIT TOMBÉE D'UNE FALAISE, PRESQUE MORTE.
JE DÉTESTE LA FOULE !
J'ÉTAIS DESCENDU SUR TERRE POUR FUIR LA SOIRÉE.
JE VOIS...
J'ÉTAIS D'HUMEUR MASSACRANTE À CAUSE DE CETTE SORTIE...
ET JE CROIS BIEN QUE ÇA A INFLUENCÉ SON ÂME.
C'EST COMME ÇA QUE JE SUIS DEVENUE " LA DÉESSE DESTRUCTRICE " ?
N'EMPÊCHE QUE J'AI VRAIMENT EU DE LA CHANCE D'ÊTRE SAUVÉE...
PAR UN DIEU QUI NE SORT JAMAIS !

C'EST VRAI.
JE NE SAVAIS MÊME PAS QU'IL AVAIT DÉJÀ MIS UN PIED EN DEHORS DE SON PAYS !
CECI DIT...
J'AI ÉTÉ CRÉÉ SUR UN COUP DE TÊTE, ET TOI SAUVÉE PAR HASARD.
NOTRE RENCONTRE ÉTAIT SANS DOUTE ÉCRITE.
...
J'ÉTAIS BEL ET BIEN MORTE, APRÈS MA CHUTE.
SI JE SUIS ENCORE ICI AUJOURD'HUI, C'EST PARCE QUE...

JEUNE FILLE...
AMANE ET GOJÔ SONT À MOI, EN THÉORIE JE DEVRAIS LES RAMENER AVEC MOI AU CIEL.
HA...
CEPEN-DANT...
C'EST UNE AUTRE HISTOIRE POUR GOJÔ, MAIS IL VAUT MIEUX QU'AMANE RESTE ICI.
EN PLUS JE PRÉFÈRE MA TRAN-QUILLITÉ...

MAIS… TU NE L'AS PAS FABRIQUÉ POUR AVOIR QUELQU'UN À QUI PARLER … ?
TU VIS ICI.
JE NE SUIS PAS CRUEL AU POINT DE VOUS SÉPARER.
QU'EST-CE QUE JE DOIS FAIRE, POUR L'ÂME QUI EST EN MOI ?
ELLE ME REVIENDRA QUAND TA VIE S'ACHÈVERA.
EN ATTENDANT, C'EST BIEN AINSI.

...
WAKE-NOKIMI...
SI JAMAIS AMANE DÉCÈDE AVANT MOI...
J'AIMERAIS TE LA RENDRE EN MÊME TEMPS.
C'EST GRÂCE À TOI QUE JE NE SUIS PAS MORTE PETITE.
JE SUPPOSE QUE C'ÉTAIT POUR LUI VENIR UN JOUR EN AIDE...

TRÈS BIEN, COMME TU VOUDRAS…
TU SAIS, IL TENAIT VRAIMENT À TOI…
IL ÉTAIT JUSTE TIMIDE…
JE ME SUIS DEMANDÉE…
POURQUOI TOUS CES MALENTENDUS ENTRE VOUS, UNE FOIS QU'IL ÉTAIT PARTI…
J'AI TOUT ENTENDU…
HEIN ?
MOI AUSSI.
SI TU MEURS AVANT, ET QUE TU VOULAIS M'AIDER…
JE VIENS JUSTE DE RENAÎTRE, ET TU PARLES DÉJÀ DE MORT !?

QUE... ?
TU NOUS ÉCOUTAIS ... ?
ET ALORS ? NE RÂLE PAS...

TU M'AS FAIT CHOISIR UNE VIE HUMAINE ...
ALORS RESTE AVEC MOI POUR TOUJOURS !

AMANE ! LE MÉNAGE EST FINI ?
C'EST BIZARRE, POUR UNE FOIS...
ÇA VA, ÇA VA...
SES CAPRICES ME FONT PLUTÔT PLAISIR... !
episode 10 end.

Postface
Alors, comment avez-vous trouvé « Seirei produce » ? Moi, c'est Tooko Miyagi !
Whaa !
J'ai sorti « Genjimonogatari » 1 et 2 avant, mais Seirei était en réalité achevé le premier.
Comme un peu de temps s'est écoulé, j'ai l'impression que mes dessins ont beaucoup changé (même si je le dis à chaque fois)...
Désolée...
Asuka
Le titre était une idée de mon ancienne responsable.
Qui produit quoi, dans ce manga ?
Copine.
1re impression
...
DÉSOLÉE... J'AI ESSAYÉ DE DÉVELOPPER L'HISTOIRE EN RAPPORT AVEC LE TITRE, MAIS JE N'Y SUIS PAS ARRIVÉE.
N'empêche qu'à la fin, on peut plus ou moins.... un peu... parler de production, non ?
Vis-à-vis d'Amane...
Tu crois ?
Responsable actuelle.
J'ai fait de mon mieux, pourtant...
Au final...
Ce n'est pas une « production », mais une « proposition »... de mariage !
ha ha !
On ne pouvait pas mettre ça dans le titre...
Respon-sable.

De même que ce devait être une histoire « palpitante, bouleversante dans laquelle un esprit beau comme un dieu super entreprenant débarquerait chez une fille tout à fait banale ».
Là encore, on s'est un peu égarés...
La raison de cela...
LES FILLES QUE TU DESSINES SONT TROP BALÈZES !!
Copine 2.
Whaa...
lles sont plus iriles que les gar- ons ...
C'est vrai qu'en y repensant, je n'ai jamais vraiment dessiné de shôjo manga débordant de scènes d'amour...
Avance en rampant.
Quoi qu'il en soit, merci à tous d'avoir lu ce manga !!
Je me doute qu'il doit y avoir beaucoup de points un peu tâtonnants, mais j'espère que vous avez passé un bon moment quand même !
C'est aussi la première fois que je publie deux tomes en même temps !
On dirait un message de repentance...
Pas facile, le manga...

Elle voulait être boulangère, mais la vie en a décidé autrement !

Mireille travaille dans la boulangerie familiale qui existe depuis des générations. Un jour, elle reçoit la visite d'un messager envoyé par la famille adoptive de son frère jumeau, Frédérick, qui lui annonce qu'il est venu la chercher. Prise de panique, Mireille essaie tant bien que mal de se sauver, mais il n'y a personne pour lui venir en aide. Richard est alors obligé d'employer la méthode forte: l'endormir et la kidnapper. Son destin violemment chamboulé, Mireille va devoir faire preuve d'un grand courage afin de sauver son frère...

Série en 6 volumes

SOLEIL MANGA

Scénario : Mimori Seike
Dessin : Isuzu Shibata
Character design : Kyôko Negishi
Laissée pour Comte

KISS OF ROSE PRINCESS
AYA SHOUOTO

SÉRIE EN 9 VOLUMES

QUATRES BEAUX GARÇONS À SON SERVICES, TELLE SERA SA PUNITION !

Le père d'Anis Yamamoto a confié à sa fille, encore enfant, un collier en forme de rose supposé la tenir éloignée d'une malédiction. Mais une curieuse créature va le lui retirer et laisser derrière elle une simple carte rouge. Enjointe à déposer un baiser sur cette carte, elle fait apparaître Kaede, son camarade de classe et rival qui lui fait serment d'allégeance... contre son gré. Anis est désormais la princesse des roses, liée aux 4 chevaliers de la rose... et camarades de classe. Chacun doté d'un pouvoir unique, ils vont devoir obéir à la jeune fille... qu'ils le veuillent ou non !

SOLEIL MANGA

Kayoko SHIMOTSUKI
COELACANTH
SOLEIL MANGA

ELLE DOIT SE MARIER AVEC LUI POUR LE SAUVER DE SA DESTINÉE !

Yuzuki partage un curieux destin avec son amie Seri qui se voit embringuée dans un mariage arrangé avec le jeune homme. Cette dernière, croyant en l'amour, résiste face à l'enthousiasme général qui selon elle n'est qu'une question d'argent et de réputation. En effet, la famille de Seri est riche et a besoin d'un nom. Quant à la famille de Yuzuki, famille renommée japonaise, elle est plutôt sur la paille et aimerait bien profiter de la fortune de la fiancée ! Et pour couronner le tout, Yuzuki, qu'elle connaît depuis l'enfance, est un garçon boudeur, toujours de mauvaise humeur et particulièrement désagréable. Pourtant, alors qu'elle visite la magnifique maison de famille de son potentiel futur mari, elle entre en contact avec le seigneur Haruhisa, l'esprit d'un ancêtre du jeune homme qui lui révèle une terrible vérité : par une malédiction inconnue, tous les hommes de cette famille meurent jeunes et jusqu'ici, aucun n'a pu y échapper ! Les fantômes de Yuzuki vont alors commencer à hanter la pauvre Seri afin de l'inciter à se marier ! Mais la responsabilité de la jeune femme est encore plus grande qu'il n'y paraît, au-delà d'apporter la fortune ou la descendance, elle pourra peut-être lui sauver la vie…

Série en 4 volumes

SOLEIL MANGA

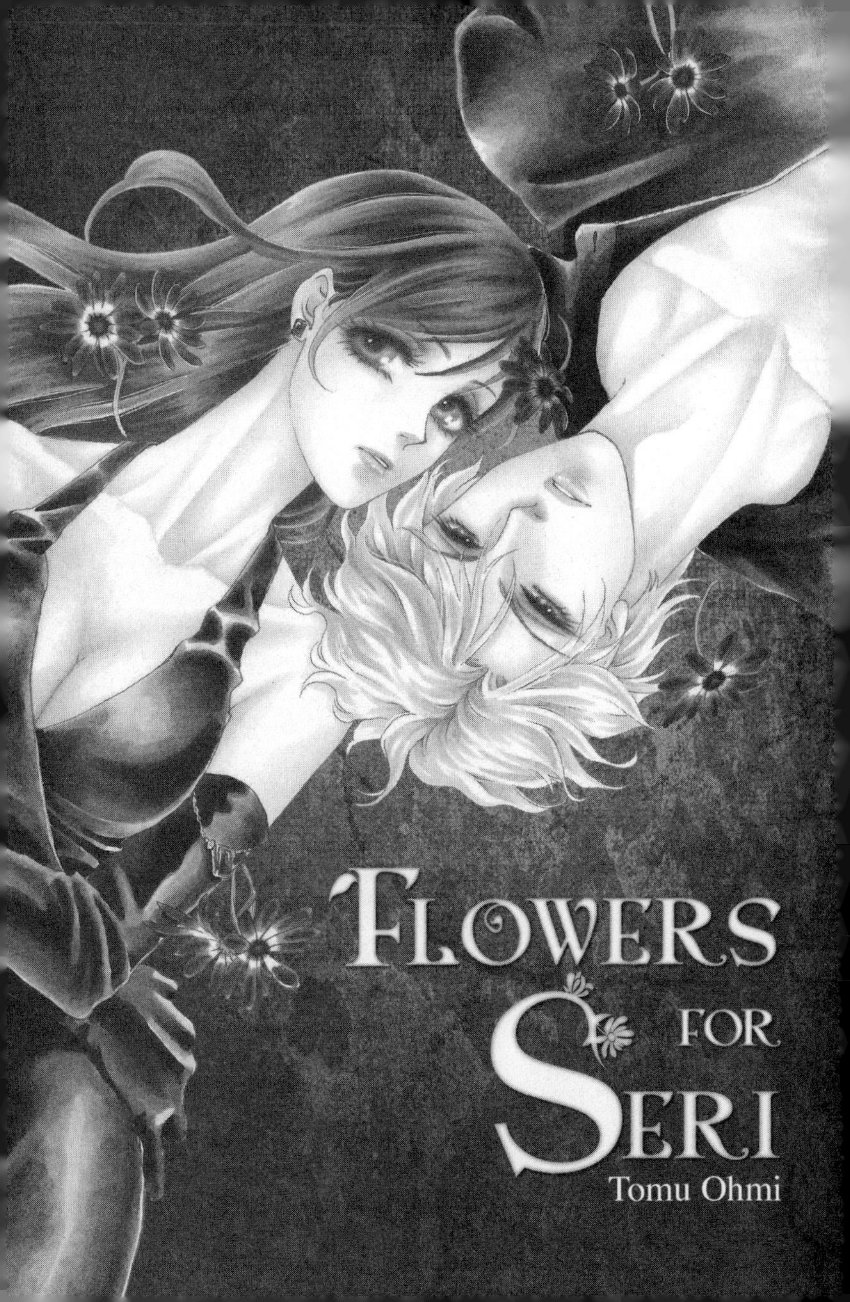
FLOWERS
FOR
SERI
Tomu Ohmi

MAD WORLD
ŒUVRE ORIGINALE : Otsuichi | DESSIN : Hiro Kiyohara

La plus acâriâtre et géniale gothic-lolita !

En 1924, un jeune garçon, Kujo, venu du Japon, a intégré une école d'aristocrates en Savoie. Mais n'étant pas d'une riche lignée, il est isolé et ne fréquente aucun de ses camarades. Sa vie bascule toutefois lorsque par hasard, il assiste au meurtre d'un motard et se retrouve accusé de ce crime. Pour prouver son innocence, il va devoir compter sur Victorica, une camarade acariâtre, mais dont le génie est reconnu dans toute l'école. Elle lui révèle alors une légende selon laquelle la Grande Faucheuse viendra de l'Est au printemps. Ceci explique la crainte qu'il inspire aux autres élèves. L'arrivée d'une autre élève venue du Japon va engendrer toute une série d'événements mystérieux...

Série en 8 volumes

SOLEIL MANGA

Gosick

the
Mystic Archives
of Dantalian
SCENARIO / Gakuto MIKUMO . DESSINS / Chaco ABENO
CHARACTER DESIGN / Yuusuke G (GREEN WOOD)

Série en 4 tomes
Chaco Abeno
Chrome Breaker
1
Vol.1
Soleil Manga
© Chaco abeno 2006, 2007 / KADOKAWA SHOTEN PUBLISHING CO., LTD., Tokyo

CHACO ABENO
CHROME
BREAKER

SOLEIL MANGA

Écrivez-nous à :
Soleil Manga
25, rue Titon
75011 Paris - France
manga@soleilprod.com

Titre original : SEIREI PRODUCE - Volume 2

15, bd de Strasbourg
83000 Toulon - France
Conception et réalisation graphique : Studio Soleil
Traduction : Julie GERRIET
Lettrage : Studio Charon
Dépôt légal : Juin 2013
ISBN : 978-2-30202-528-8
Impression : Ercom - Italie